孤貓之家

PART 2

假如失去了你們

If I Lost You

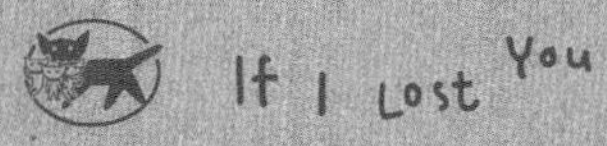

假如失去了你們

出版此書期間，豆奶患上了貓的絕症——「貓傳染性腹膜炎」(FIP)。醫生說最快兩星期會死亡，還說如果貓貓太辛苦，很多主人會選擇「安樂死」。

聽到這三個字，我腦海空白一片。這不是普通的生病，是死亡率極高的疾病，我知道腹膜炎的生存率不高。不過，我必定會想盡方法醫好阿奶。

幾經辛苦，我找到了一個治療豆奶的打針療程方法，要打足八十四天。

寫這篇文章時，正好是第十八天的療程，已經超過了醫生所說的「最快兩星期會死亡」，而且，豆奶愈來愈精神，開始回復到生病之前的狀態。

豆奶的經歷，讓我想起了這本「貓書」的書名……

「假如失去了你們」。

在想這書名之時，阿奶還未患病，現在回想起來，真的有很深的感受。

假如失去了你們……

假如失去了你們……我的生活會少了很多歡樂。

假如失去了你們……我的工作室應該只會聽到枯燥乏味的敲打鍵盤聲音。

假如失去了你們……我不會變成更懂得愛惜生物的人類。

假如失去了你們……我不會看這麼多有關貓的電影與紀錄片。

假如失去了你們……我的相簿，就會少了四份三的相片。

假如失去了你們……我的生活，只會餘下寫作、休息、寫作、休息、寫作、休息……

假如失去了你們……我的故事，將會失色了不少。

假如失去了你們……我的人生，就少了一份「幸福的感覺」。

如果你們真的離開了……我會對著你們的相片說：「你在天上生活得好嗎？」

如果你們真的離開了……我一生也會跟所有人說，我曾經養過九隻貓。

如果你們真的離開了……我會經常翻看你們的相片與影片。

如果你們真的離開了……我會對著相片說：「你在天上生活得好嗎？」

如果你們真的離開了……我會繼續跟別人說，養貓是一件快樂的事。

如果你們真的離開了……我不會哭，我一定會笑著回憶跟你們的過去。

如果你們真的離開了……我還會看著你們經常睡覺的地方，幻想你們睡覺的樣子。

如果你們真的離開了……我會好好保重，好好的……活下去。

如果你們真的離開了……你們會永永遠遠活在我的腦海之中。

直至有一天，我老去了，再來找你們。

到時，我再做你們的奴才吧。

好嗎？

「我愛你們」。

Lwoavie Ray
孤泣
7/5/2020

We Belong togeter!!!

Lwoavie
kitty workshop
THIS FIBREBOARD
TESTS NOT LESS THAN 32 LBS./IN
EDGE CRUSH TEST (ECT)
900205386

CONTENTS

孤泣 貓貓育兒中心

「治療」系列。

現在全公司由「孤泣工作室」變成了「孤泣貓貓育兒中心」，同事二十四小時輪班照顧。

有關貓 BB 有幾個問題一次過回答。

瞳瞳比預產期早了五天生下了孩子，我們回到工作室時她已經靜悄悄生下 BB，不需要任何人幫忙，她真的很乖很叻，所以，我們沒法知道三個 BB 的出生次序，不過，花貓仔最大隻，應該是第一隻出生的。

三個 BB 還未知道性別，要再大一點才可以分辨出來，另外因為還未開眼（七至十天貓 B 才會開眼），所以未知道眼睛的顏色，而幼貓眼珠是藍色的，但是會漸漸改變，要到兩個月大時才能真正確定貓 B 眼睛的顏色。

最後就是名字問題，暫時未完全決定，但其中一隻（最細的）頭頂上有豆豉爸爸的「黑色遺傳」，他將會跟爸爸姓，他叫……「豆腐」。

今天是出生的第三天，他們比出生第一天動多了，希望他們可以健康成長。我是有擔心的，因為幼貓的生存率不會是 100%，有些朋友跟我說過不少不幸的情況，所以我大致上都會看到他們健康成長後，才給他們名字，因為如果改了名後不幸離開，會是一件……

「更加痛苦的事」。

請你們健康成長。

孤泣

chapter one

三豆B的誕生

點解我最 近
好似愈來愈肥？

妳會不會
吃太多？

TELL ME WHY?
WHY I AM GETING SO FAT?

然後，今日帶瞳瞳去看醫生，醫生說：
「瞳瞳要做媽媽了👩」

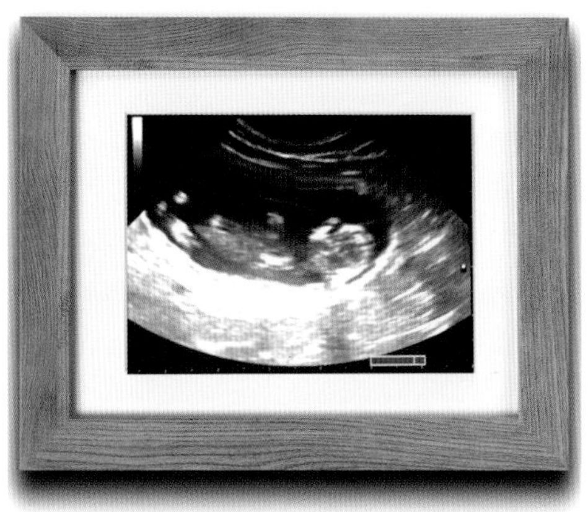

AUGUST 31, 2019

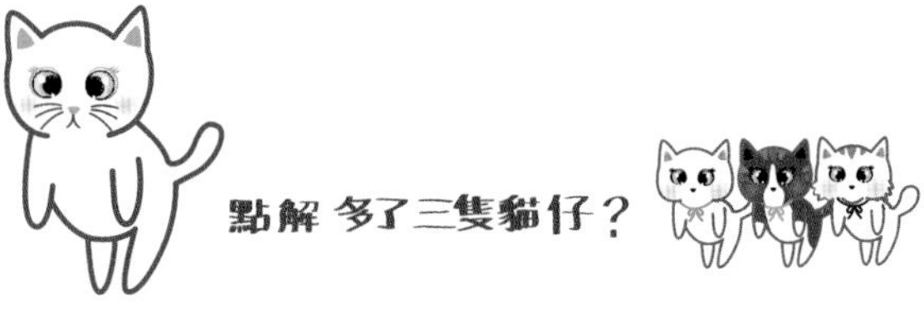

點解 多了三隻貓仔？

在世界上的第一天過去，人類的世界很紛亂，他們的世界很寧靜。
但願他們跟爸爸媽媽可以一直平靜地生存下去。

MY LOVE FAMILY

豆豉♥ 爸爸看著瞳瞳♡♡媽媽還有自己三個孩子，他坐在這裡兩小時，守護著他們。

我們也要守護我們的家。

LIVE A HAPPY LIFE

Home
SWEET HOME

三個月大的瞳瞳小妹

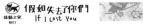

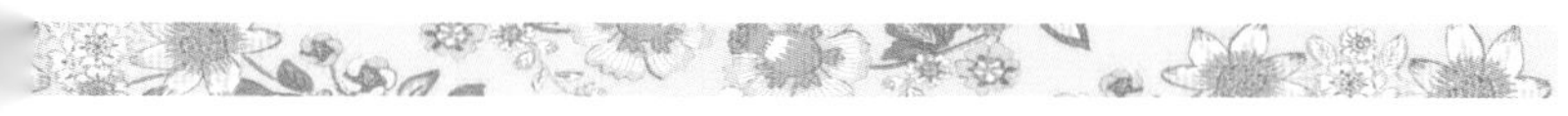

母愛

瞳瞳🤎🤍餵奶全過程。
首先三隻貓 B 會瘋狂大叫，很快瞳瞳就出現了（我們從來也叫不到她過來）。
之後瞳瞳會用舌頭舔三姊妹，舔完後就會躺下來開始餵奶（貓 B 瘋狂找奶頭）。
貓 B 吃飽後，就會鑽進角位睡覺，瞳瞳看到她們吃飽甜睡後，就會離開。
整個過程大約是六至十分鐘，每天都會不斷重複很多很多次，所以說，無論是人或是貓，母愛真的很偉大。

孤泣

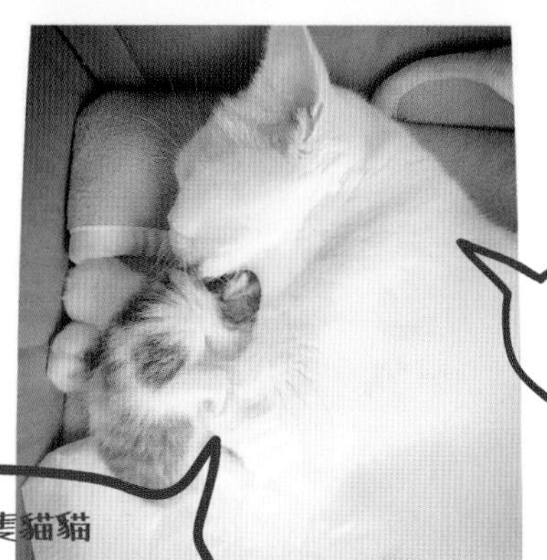

傻妹，無論妳什麼毛色，媽媽也愛妳。
為什麼我跟其他兩隻貓貓的毛色不同？為什麼我不像媽媽一樣雪白？

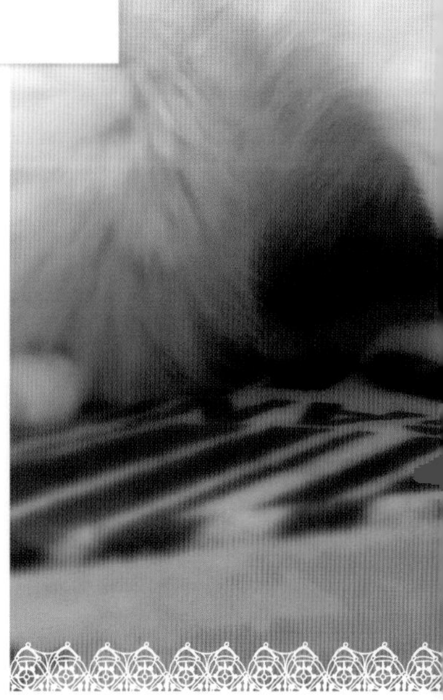

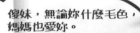

瞳瞳🩶🤍本來是一隻超任性的貓女， 現在三隻小貓喵喵叫肚餓時，她立刻走過去餵奶了。她從來不會舔其他貓（只有豆鼓會舔她），現在瞳瞳會舔三隻小B，有點感動呢。

或者，這就是動物的母愛。

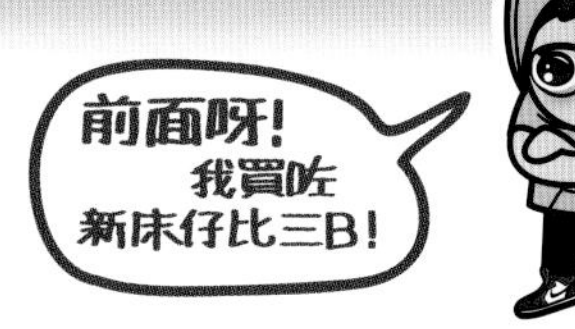

貓媽媽會超留意 BB 的一舉一動，母愛。

LOMOGRAPHY 27MM / 1:8

哦，
但她行也未懂⋯
現在是吻波⋯
老公，
快來教豆花踢波！

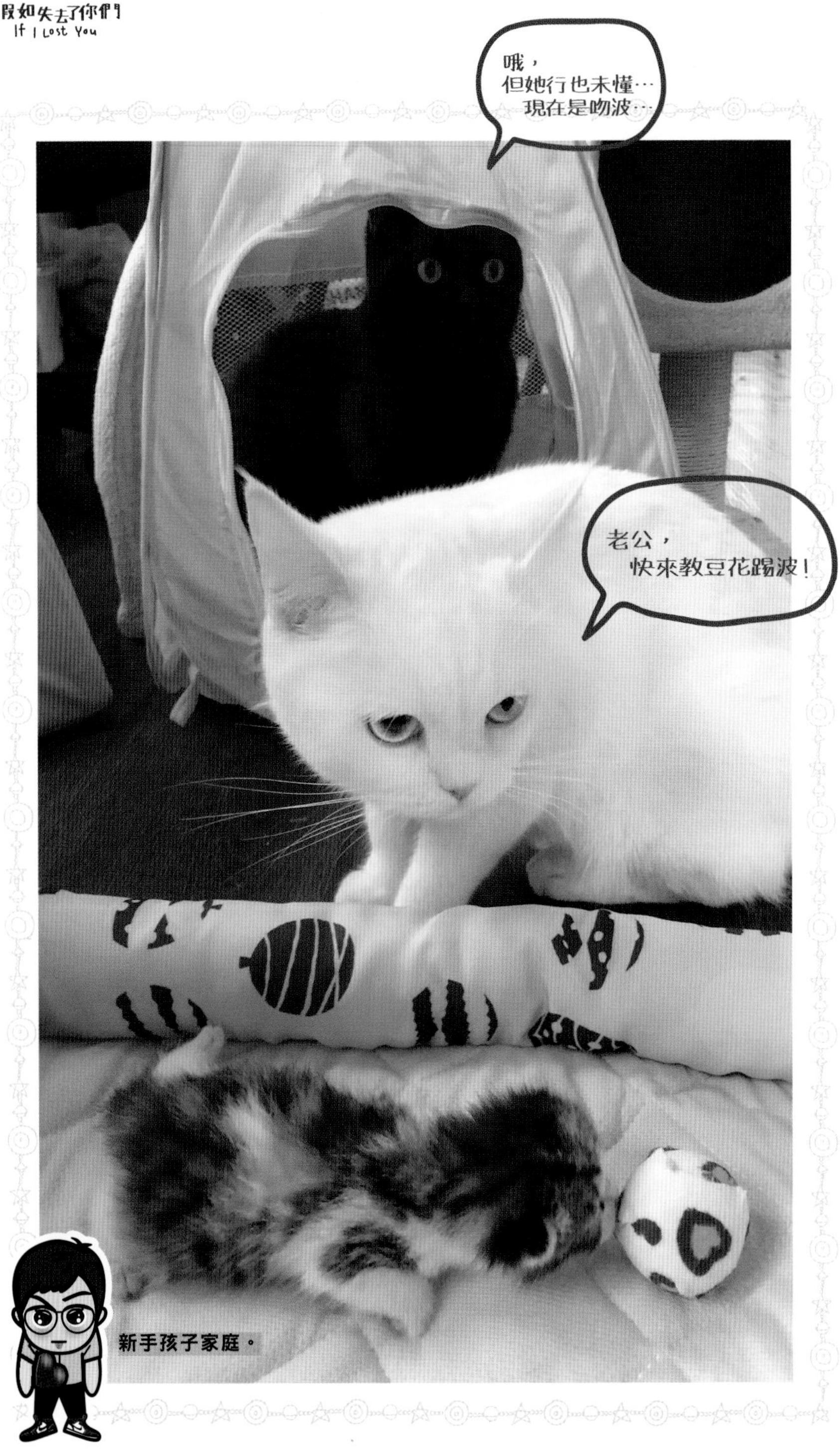

新手孩子家庭。

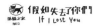

豆氏家族第一張合照

爸爸在外圍保護家人，媽媽在內圍照顧孩子。
這就是一家人了，不，是一家貓了。

Ma Ma TRAINEE

瞳瞳♡♡妳這個舉腳餵奶方法是什麼名堂？

很好，
很快我又多
三個手下了。

又多三個
頑皮妹呢！

LET'S GO ANYWHERE
PET PARADISE

瞳瞳🤎🤍繼「燒鵝髀餵奶法」之後，中秋節又來了一式「半月式餵奶法」。

願大家一家人齊齊整整，家人團聚，缺一不可。

明月幾時有把酒問貓咪。

我已經看到我的「未來」，寫
小説會更加困難了……
如果你見到我出現奇怪的文字，
別懷疑，是她們的所為。
我們在學爬！

U got

MINI KITTY CLUB

豆花
妳幾多歲？

我係一條
毛毛蟲……

我唔G！

三星期大！

豆奶
妳幾多歲？

豆腐
妳幾多歲？

幼貓 的眼睛

幼貓的眼睛是「藍色」的，這是小貓的特色，豆奶 & 豆花來作個示範。

因為幼貓虹膜色素還未定型，會出現藍色，不過，在兩三個月內，藍色會漸漸淡去轉成其他顏色，同時，她們的視力也開始變好，慢慢可以看到周圍的光線、環境、物件。

而像瞳瞳的異色瞳，簡單來說是因為基因突變（虹膜異色症），才會出現不同顏色的眼睛；而先天遺傳也有可能出現異色瞳，不過因為豆豉爸爸不是異色瞳，遺傳機會未必會很高。

無論貓咪眼睛是什麼顏色，我們人類也要是好好愛護牠們。
我們又怎能不愛，可以讓我們真心微笑的生物呢？

孤泣

貓B食食下奶，瞳瞳𨀤轉身伸懶腰，
貓B話：「媽咪呢？」

這是世界上每個媽媽看著孩子背影的眼神，是每一個。

Love and memory in life

JUST KITTY
Imagination
這一定是
尿墊！

DONT BELIEVE IN
YOURSELF!

小時候全家福

長大後全家福

孤貓新成員

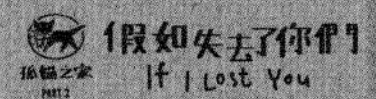

new member 01 豆花

豆花

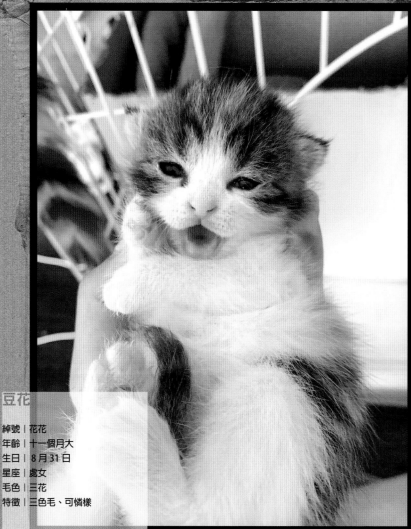

綽號｜花花
年齡｜十一個月大
生日｜8月31日
星座｜處女
毛色｜三花
特徵｜三色毛、可憐樣

介紹｜

瞳瞳 & 豆豉大女，第一個出生，卻體型最細。身體長高了卻依然有留著一個「童顏」。三個 B 中她是第二活潑，經常四處走而且非常聰明，她是三隻貓 B 中第一個懂行路、第一個跳到很高地方的貓。抱起她時會嬌嗲地叫，喜歡摸全身，然後自己反肚子。

妳這眼神是想怎樣？想俘虜誰？

ANYWHERE

點解我
特別肥？

睡了都在笑的花花

三姊妹中最大的，最受歡迎的三花小貓，可是也是三姊妹中身形最細小的，比豆腐乖，比起豆奶活潑一點，也是三個之中最聰明的一個。

工作室裏堆滿很高的鞋櫃，三貓 B 也還沒學會跳上去，豆花就是第一個學懂跳上去的，十分聰明，上落輕巧自如，每一天也跳上最高的地方玩，然後帶上豆腐一起，還教了豆腐跳上跳下，果然是大姐姐啊～

思婷　字

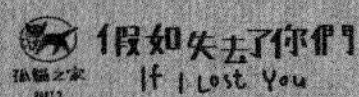

對不起，
最近奴才
寫書很慢
要多等一會，
看著我份上，
能原諒他嗎？

最懂事的大家姐，可最小隻。

吃飯超級～慢！慢慢吃是好的，可每天回來餵牠們吃罐罐，牠的份都會被其他貓搶掉了。我每次都要好好保護豆花，讓她可以把罐罐吃完。

當冷的時候，只要我把毛巾拿出來蓋腳，她都會主動跳上來討摸摸，或者是毛巾很舒服，她總是在「煲水」，有一次，我還抱著她一起睡覺了。

納　字

HOT
STUFF
花，換了新手機，
給我做Model
影張相。
無問題，
做多幾個
表情給你！

家姐塊面
都幾好味。
阿妹，
妳舔我舔了五分鐘
舔夠未？
PAINT

「今天的痛苦與不順利，也沒什麼大不了的，
睡醒了後，又開始新的一天。」

HAVING THE DELICIOUS FLAVOUR
AND AROMA OF CRUSHED BANANAS.

Where
is this ?

呀！

CAR
RACES

Britain's no
16 JUL OA
Salt & Vine
POTATO

豆花🌸的變化，她耳朵大了，嘴巴粉了，
愈來愈精靈。

我知 道
潮落之後
一定有 潮起，
有什麼了不起？

這個盒
剛剛好。

花花妳在看什麼？

其實我塊面都不是很大！

MY FAVORITE PAPER

點解個
貓公仔
愈來愈細隻？

唔係佢愈來愈細隻，
而係你愈來愈大隻。

宣傳部同事在公司睡覺，很正常……宣傳部同事在公司個重要文件 BOX 上打喊露，都很正常……

我在想……腦細努力賺錢，同事睡覺，也很正常……很正常……還是我有什麼誤會了？他們才是老細？

叫外賣，最重要不是食物，而是……紙袋。
No...not me
又咬爛一條 iPhone 叉電
豆花 是不是妳?!

Lwoavie
kitty workshop
writing
+
Cats
=
LIFE

「無論你喜不喜歡我，我也喜歡你。」
這就是愛。

孤貓新成員

new member 02 豆奶

現在的奶B真惡死。
豆奶首先開眼了。
你呀！奴才！
放我下來！

豆奶

綽號｜阿奶
年齡｜十一個月大
生日｜8月31日
星座｜處女
毛色｜全白
特徵｜圓眼睛、最長尾

介紹｜

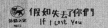

瞳瞳 & 豆豉二女，體重一直都是最重。阿奶大部份時間瞳孔都是圓圓的，而且會用無辜眼神看著你。三個 B 中最文靜，喜歡先觀察才會玩。而她的尾巴是九貓之中最長，最喜歡就是摸下巴。無論是要她戴兔仔耳又或是穿上可愛貓衣服，她也會非常合作，不會拒絕。

你給
我過來，
我要飲
奶奶！

我小時候是
藍眼睛的！

媽媽，
我想
出去玩。

我 最喜歡
綠色的 頸圈。

豆奶 小時候的耳朵很尖。

五星期的變化，她眼睛大了，眼線深了，愈來愈像她媽媽瞳瞳

慢慢看著三隻小貓長大，豆奶愈長愈大個了，開始出現了很多花名，肥妹，奶脹，多士，因為豆奶是三貓 B 中最胖胖的！

每天早上，我的工作第一件事就是「剷屎」，而豆奶每天也會在我「剷屎」的時候走過來看著我，感覺就像跟媽媽學煮飯的樣子一樣，然後突然豆奶要發動了！她走到我面前……大便了。

豆奶你是欺負我還是喜歡清潔呢，為何每天也在我清理大便時才來大便呢？

難怪別人叫你奶醬多士了，也不錯啊～

思婷　字

奴才，你說什麼？
罐……

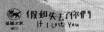

Lwoavie

你們努力
工作吧，
我 要來
一個午睡。

三個半月時，豆奶🍼右腳甩臼，立即去睇醫生，還好醫生等我們才關門，現在要吃止痛藥，希望快點好。

最愛罐罐紙盒的阿奶。

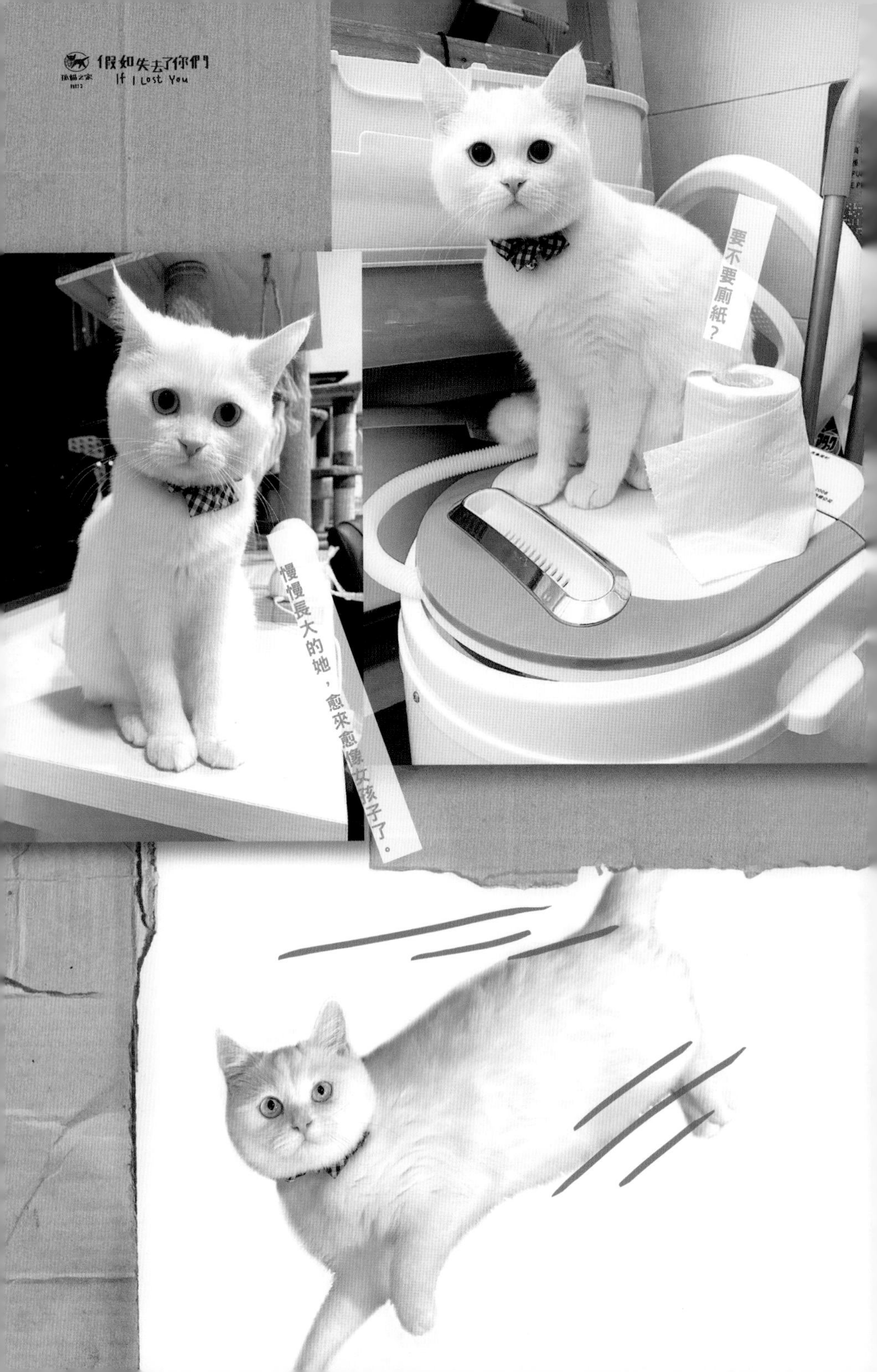
要不要廁紙？
慢慢長大的她，愈來愈像女孩子了。

妳這是什麼眼神？

大家復活節身體健康！
我決定開罐罐慶祝！

很喜歡打開抽屜、玩毛巾，與媽媽「瞳瞳」最似，超級為食又有肚腩仔。

豆奶雖然是三豆 B 入面比較少粉絲，但其實豆奶也很可愛！除了為食，是最乖巧聽話的！

在最近大家都知道「療程」，豆奶鬧脾氣不自己吃飯的日子，我們每天都盡量餵食，最初大家與豆奶日子都過很辛苦，不過，慢慢地豆奶漸漸的好起來主動吃飯，再辛苦也是值得的！

納　字

比利時有貓貓確診武漢肺炎病毒。大家要非常非常清楚，是由「人傳貓」，而「絕非貓傳人」，沒有證據顯示寵物會傳染人類，切勿不負責任棄養貓貓，會遭天譴的。

Healthy & Happy

Lwoavi

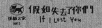

「雖然我體弱多病，不過，我還是會堅強地生活下去的！」

孤貓新成員

new member 03 豆腐

豆腐

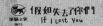

綽號｜大尾、多毛
年齡｜十一個月大
生日｜8月31日
星座｜處女
毛色｜全白（頭頂有點毛）
特徵｜長毛、大尾巴

介紹｜

瞳瞳＆豆豉三女，唯一一隻長毛貓。三B中最活潑的，經常四處跳無時停，就像天真無邪的小孩一樣。最喜歡反身睡覺，肚皮向天，充滿安全感。跟媽媽一樣大食，開零食時，都是第一時間衝過來。她的尾巴像「雞毛掃」，所以有大尾之稱。

YEAH!
YEAH!
YEAH!
我咃開眼喇!

「豆腐，你對自己最遲出世有什麼看法？」
然後他……

「好吧，多謝你接受訪問，繼續去睡吧。」
治療系。

這是爸爸媽媽第一本書
《如果我們沒有遇上》
Never
Met?
孤貓之家
如果我們沒有遇上

豆腐另一個花名叫大尾，尾巴就是愈長愈長，愈長愈大。三貓 B 之中，豆腐是最活潑的一個，是大家心目中公認的搗蛋鬼。

有時在想，豆腐啊豆腐，你到底是不是智商出了什麼問題？為什麼長得這麼可愛，可是那麼蠢呢？

每次在電腦桌工作的時候，會走過來，喜歡坐在你鍵盤上睡覺，就是不讓你工作！

不過有一點，我還是要表揚一下，每次吃罐罐，碗裏的食物都被豆腐舔得一滴不留，害我還以為已經洗過了，哈哈，不浪費食物是好事來的。

思婷　字

還在學爬的小豆腐。

豆花豆奶已經慢慢學懂
行路了，[illegible]努力！

做個記錄，

較一下。

三妹豆腐特別肥，兩個家姐已經好活潑四圍走，她卻最喜歡睡覺，一個字「懶」，還有，豆腐經常躲起來，吃最多，所以體型也是最大一隻。

豆腐：「我係咪巧肥？」

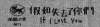

豆腐是九隻貓入面，唯一一隻長毛貓（現在已經變成炸毛）。

豆腐好可愛，又鍾意睡在我大腿上，每次去廁所、食飯、工作也會跟著一起去，到底她是太愛我還是監視我呢？

但牠始終在我心入面是一隻好蠢好蠢的貓，如果動物可以 Check IQ，我一定會帶牠去一次。

納　字

「要睡得好，當然是這樣睡。」
「找我嗎？我剛睡醒，
現在去吃東西，之後玩完又去睡。」

今晚 沒人約 我去玩。
Trick or Treat or Cat?
Trick or Treat!
HALLOWEEN版 豆腐。

Living with my kitty

「誰要把我送人？奴才是你嗎？」
超反叛的B，繼承了瞳瞳♡♡的性格。

孫貓之家
PART 2
假如失去了你們
If I Lost You

豆腐的成長。
沒錯，三姊妹中，腐腐天生就是一位「諧星」。

HOME
Sweet
HOME

這是什麼東西？小型貓樹？

禾想辭職
唔做喇！

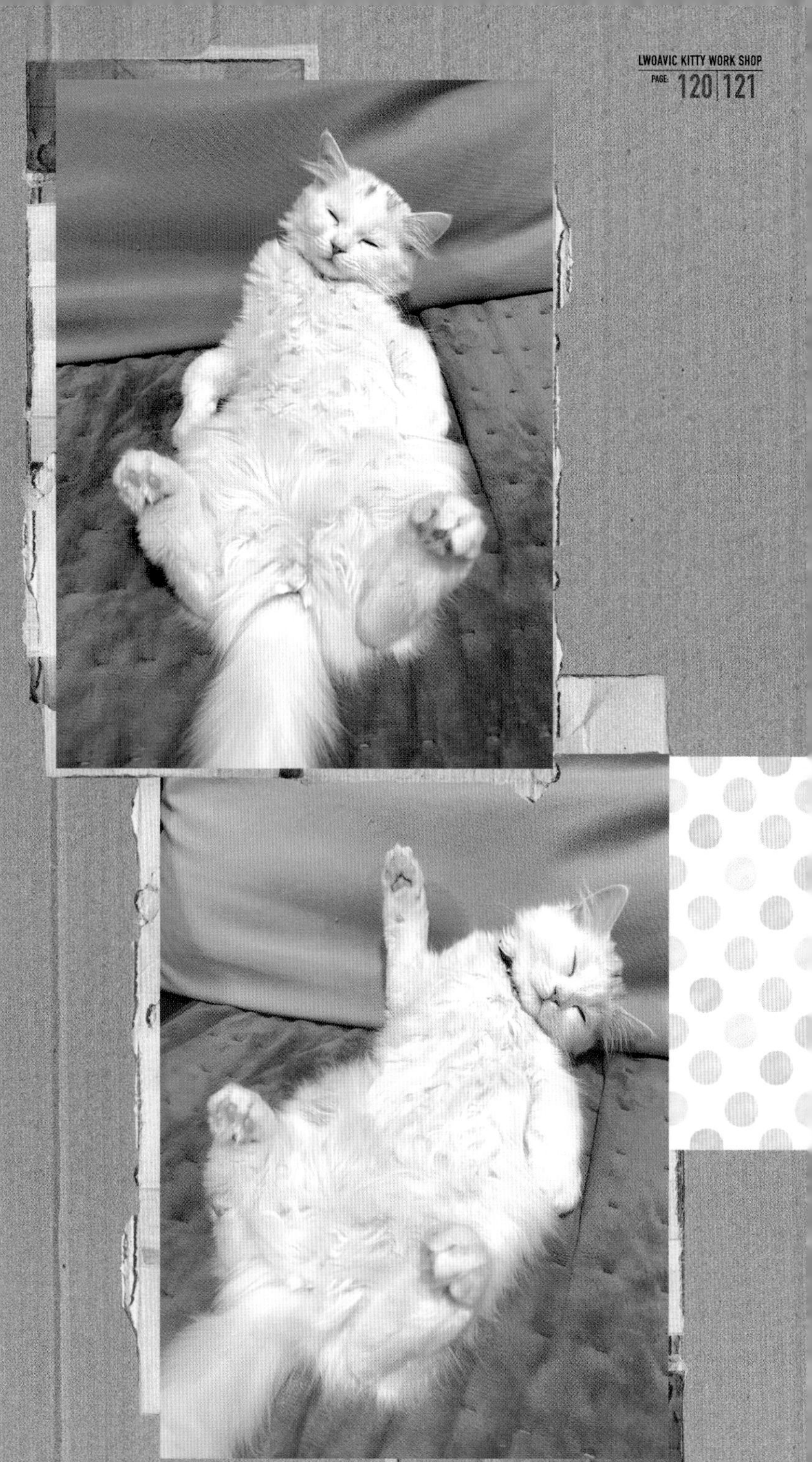

「你做咩偷影我 PatPat？」

「無罐罐食，唔開心！」

This is not a paper bag,
It is actually my favorite bed...

妳又走入個紙袋做什麼……

三豆B的生活

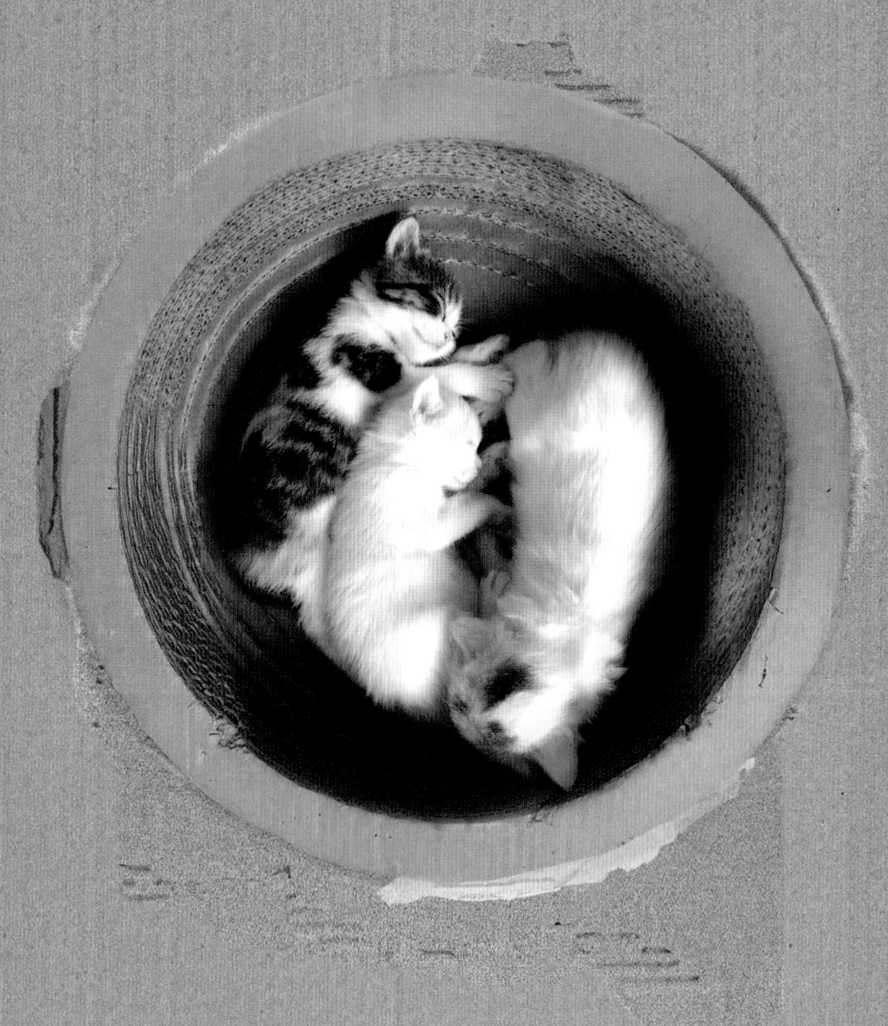

我們一起，在錯誤之中成長，
好嗎？

豆氏大食家庭。

嘩，爸爸巧有型、巧靚仔。

媽媽教我玩波波。

MOMOTA CAT
MOMOTA CAT
MOMOTA CAT

「好喇，要返入籠喇，聽日先返出來玩！」
「媽媽，妳個頭好大，我吃不到。」

真的太快了……

沒法想像會這麼快……
快到連我也沒想過會發生這件事……
只是一個月零二十五日……
最不想發生的事發生了……
我新買回來的二千多元耳筒，只下餘
下一邊有聲……
被三隻貓 B 咬爛了……
真的太快了……
真的太快了……
真的太快了……
不要了，三貓 B 入箱送人，誰要？

三個都差不多兩個月大了，還在吃媽媽奶，醜死鬼。

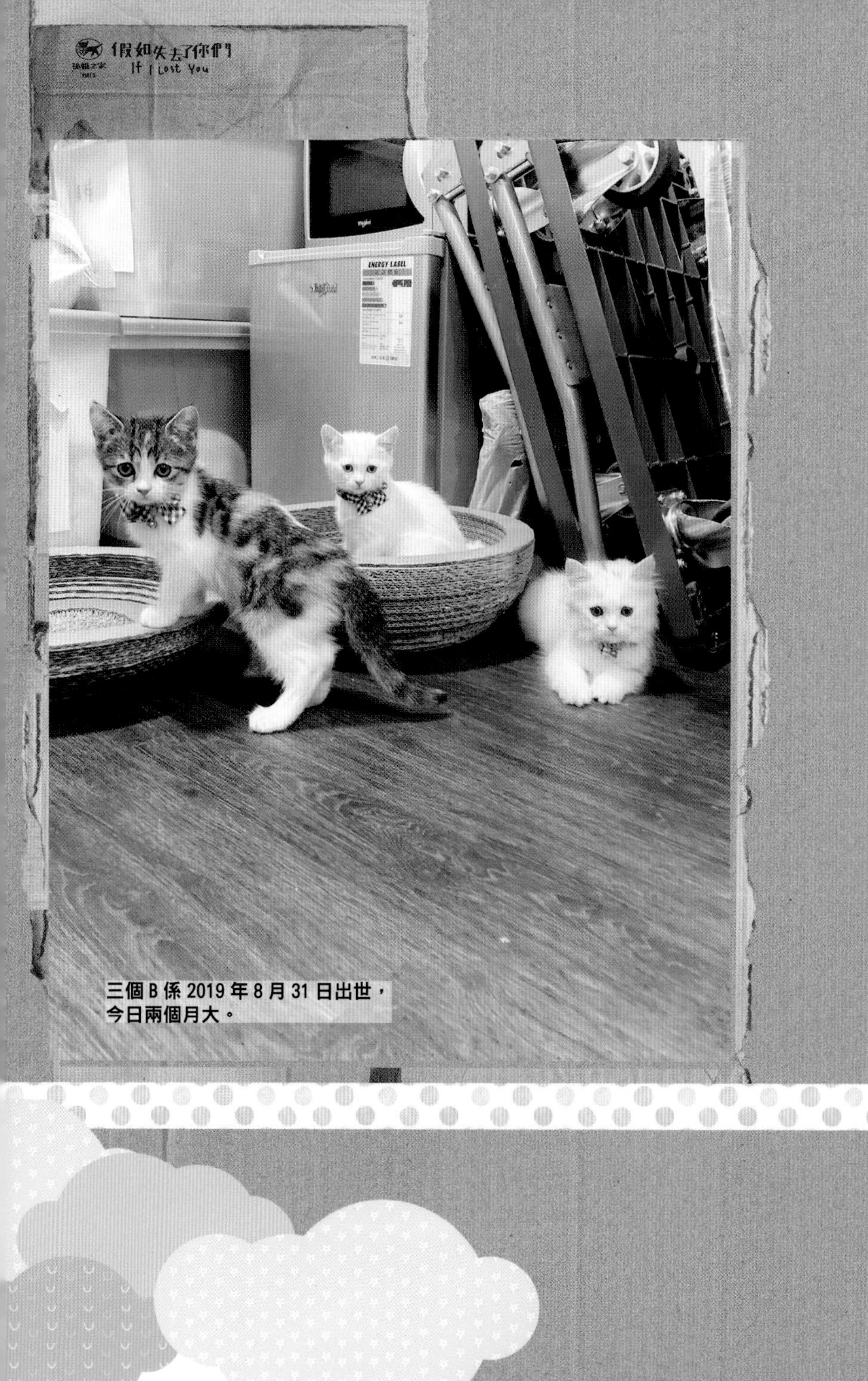

三個B係2019年8月31日出世，
今日兩個月大。

豆腐，擺個有型姿勢影張相。
僖僖一直都有照顧三個 B。
奶，妳壓死我了！
MOMOTA CAT

昨天去診所打針磅重，你猜哪一隻最重哪一隻最輕？豆花 豆奶 豆腐 體重排行榜。

打針咩嚟？
食得架？
禾茅幸架！
禾唔想去。
好喇，今日要
去打針喇！

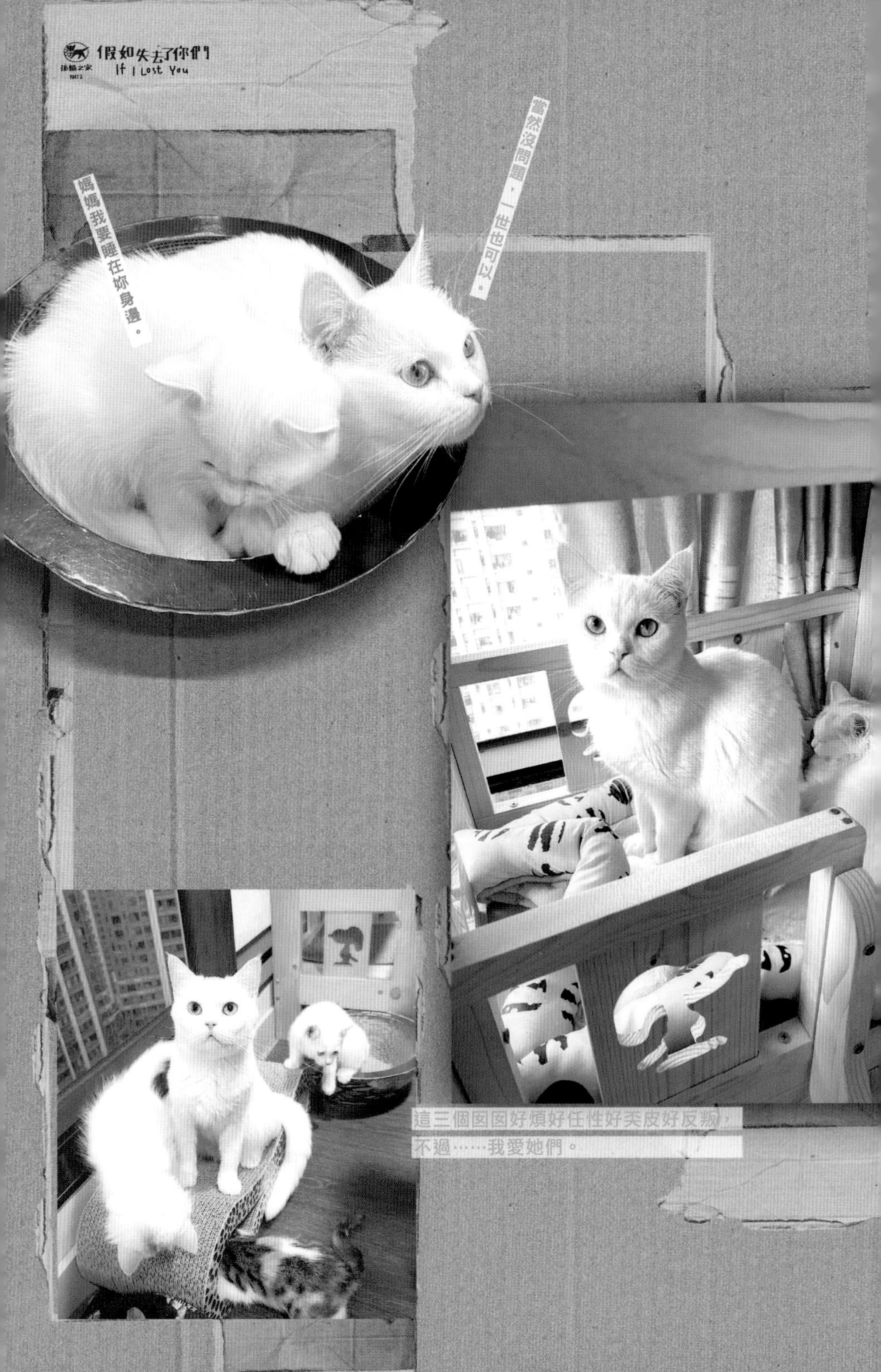

媽媽我要睡在妳身邊。
當然沒問題，一世也可以。

這三個囡囡好煩好任性好奀皮好反叛，
不過……我愛她們。

我會保護我的家人。

買新波蛇回來後，最開心的是……

妳哋三個擺個少女唯美POSE比我影張相。
你本書寫什麼的？
寫靈魂、寫記憶、寫香港、寫真人真事。
CONFIDENTIAL
唔，應該都幾好坐。

我想出來。

媽媽，
休息幾天才
可以出來，乖。

貓的確會給人覺得很冷漠，不過，我覺得她們不是完全的冷漠，她們會有情緒，會有傷感的情緒。瞳瞳很愛她三個女，同樣，三個 B 都會擔心媽媽。

不是人類賜予她們的感情，是她們本身就有感情。

瞳瞳快康復，全家人在等妳玩。

有得吃了嗎？
我等很久了。
我是第一！
Bonaqua

跟你說一個故事。

有天，我訂購了一箱水，我打開紙皮箱……

……卻送了三隻貓。

故事完。

「謝謝每一位，離開了我生活圈子的你！
謝謝每一位，這年才走進我生命的你！
謝謝每一位，還沒有離開我世界的你！」

爸爸傻了？

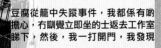

豆腐從籠中失蹤事件，我都係有啲擔心，冇瞓覺立即坐的士返去工作室睇下，然後，我一打開門，我發現……

我發現……

豆腐用一個未瞓醒嘅眼神望住我……

然後……我睇返個籠。

上下也鎖上，根本冇可能走出嚟……

豆腐……妳點出嚟架？？？？？？？
妳點可以從兩隻手指都放唔入嘅籠走出嚟架？

妳液體嚟架？？？？
我好眼瞓……救命

「點解佢冇毛嘅？」

「點解佢塊臉正方形嘅？」

比魯斯大人，你講！你會娶我們哪一位？！

點解佢有靚衫著，我冇？
因為妳哋……有毛。

一盒三喵，合體！

CAT Fighters

九隻孤貓入住一所工作室，每天上演爾虞我詐、
互相欺騙、弱肉強食的「貓性遊戲」！
「我一定要打敗妳！」
最血腥！最暴力！最瘋狂！最精彩的故事發展！
「我愛妳，所以……我才會咬妳。」
《九隻孤貓的公司》COMING SOON。

「我兩個妹巧肥呀！我巧逼！」
難得三個排排坐。

豆家🖤🤍🤍洗澡🛁日
「好吧，你們準備好沒有？」

「個頭右傾四十五度影張相，係喇，乖！」
「介紹返，我個妹又多個新花名，
繼飯團、多毛後，現在叫……大尾。」
「你叫乜呀？」

「今日是一千四百米木地板賽事正式開始，一號與二號馬準備出閘。」
十分鐘後……
「一號與二號馬肯出閘未？」
兩個箱，玩足一日。

今天三豆妹七個月大，回憶起來，
由出生的那天開始，她們的確是……
「生於亂世」的貓咪。

三貓B 打針記

貓貓小知識：

八至十週時，貓貓就要打第一針、十二週打第二針、十六週打第三針，然後一年打一次、三年打一次。

打針是為了預防貓貓患上致命疾病，包括（貓瘟）泛白血球減少症、貓科病毒性鼻氣管炎、卡路里西病毒等。好吧，聽了也不知道是什麼疾病，不過，我可以肯定跟你說，「貓瘟」每年都奪去很多很多幼貓的性命。所以，如果想貓貓健健康康生活，還是去注射吧。

孤泣

三貓B成長日記

請給牠們一個機會

我家有九隻貓。

九隻孤貓中，第二隻領養的橙毛貓僖僖，患有 FIP 及貓愛滋 FIV(正確名稱是「免疫缺陷病毒」)。

首先我想說……「牠們非常健康」。

在很多的案例中，患有 FIV 的貓，只要得到良好的照顧，是可以「終生不發病」。我在這幾年養貓的經驗之中，覺得需要比較注意的地方是牠們的「情緒」，因為情緒也會讓牠們發病。不過，如果牠們在一個舒適的環境中生活，保持良好的免疫力，根本不用怕。

另外就是另一個大家非常關心的問題。

「會傳染嗎？」

貓愛滋「不會」傳染給人類。而在貓群中，除非是「戲烈打鬥」造成流血受傷，才會「有機會」傳染。正常的貓在良好的環境之下，99% 不會出現戲烈打鬥，就算真的 1% 出現打鬥，你怕牠受傷多於傳染吧。

還有，在一般的接觸情況之下，如共用砂盆、共用食碗、互相理毛等等接觸，也難以傳染。

我想大家也曾在網上找尋不同養貓的資料，在網上的資料未必是完全真實，而且有些會誇大了「嚴重性」，因為這樣才會得到更多的人「注意」，請多去看不同的資料。

在「孤貓工作室」，就有一個確確實實的案例。

由瞳瞳與豆豉所生的三個女孩豆花、豆奶、豆腐，就是在孤泣工作室中出生，我想沒有免疫力與抵抗力比初生嬰兒更弱吧？但她們三姊妹由第一天開始，已經跟僖僖一起生活，一起玩、一起吃飯、一起理毛、共用食碗與砂盆等等，她們三姊妹沒有感染貓愛滋。

「請給牠們一個機會。」

無論，妳想領養的貓是身體有缺陷，還是身體有病，請不是第一時間拒諸於門外，先了解牠們的情況，再作決定。你拯救了牠，牠得到了幸福同時，你每天也會過得很快樂。

「給牠們一個機會，一生都不會後悔。」

感激每一位不離不棄的奴才。

孤泣

孤貓的 生活

好老實講，我都係唔太建議公司養貓，成日喵喵喵喵喵喵喵叫，好死煩，煩到痴線。

主要都唔係貓係度叫。

生命

生命，的確是很神奇的東西。
這是三豆 B 由第一天到六個月的成長過程。

由她們第一天來到這個世界，第一次張開眼、第一次爬行、第一次走路，記錄著滿滿的生命力。

看著她們一天一天長大，或者，她們的壽命比我們人類短，不過，她們卻比我們人類快樂。

快樂很多很多。

孤泣

你猜有多少支逗貓棒？

「我的三個手下都長大了，哈哈！」
Uncle J

四位美女。
タタ&僖僖都很愛三個小朋友。

兩兄妹都很喜歡夕夕，夕夕的確是大哥！

晚上的孤貓

每晚，我也會在黑白色的 CAM 中，看著他們。

他們陪著我寫小說，無論在寫什麼題材，他們都陪著我。

有時他們會睡好幾小時一動也不動；有時他們會四處跳四處玩。我會打開通話器跟他們說話，有時叫不醒他們；有時他們又會傻傻地看過來。

他們，就是我的「親人」、我的「兒女」，無論怎樣，我也絕不會放棄他們，絕對不會，除非……我先死。

或者，沒有養貓，沒有養過寵物的人不會明白，甚至覺得我們養寵物的人，有時對他們的愛，愛到瘋了。不過，這些人永遠都不會明白，他們為什麼值得我們這麼深愛的原因。

孤泣

兄弟篇

夕夕
哥哥
豆鼓

唯美三兄弟。
完全係英雄本色

HE DIDN'T WANT
TO ADMIT
HE DIDN'T

兄妹篇
哥哥 妹妹

最怕醜，最驚驚的哥哥與妹妹。

哥哥妹妹兩歲生日

可能你覺得為什麼很少 POST 哥哥妹妹的相片？因為哥哥與世無爭的性格，還是很喜歡躲貓貓，不太容易拍到他的相片，所以很少 POST 他們的相片。

不過，妹妹在領養的這兩年時間，變化就大了。我手上那七吋長傷痕，變成了現在她會自己走過來討摸。最大功勞是夕夕，每次我摸夕夕時，妹妹就會走過來纏著夕夕，久而久之，她也喜歡了被人類摸的感覺。

所以，經常有人問我要如何去馴服不喜歡人類的貓，我只能說，用「時間」與「愛」。而且，不是你「馴服」他，而是他「馴服」了你，嘿。

哥哥妹妹生日快樂。

孤泣

情侶篇

瞳瞳．豆鼓
MACGREGOR'S
FIRE RETARDANT
SHORTS
LOOK FOR
THE
BURNING BO
LABEL

NESCAFE

KEY
SAFETY MATCHES
夕夕‧妹妹

孤貓其他成員介紹

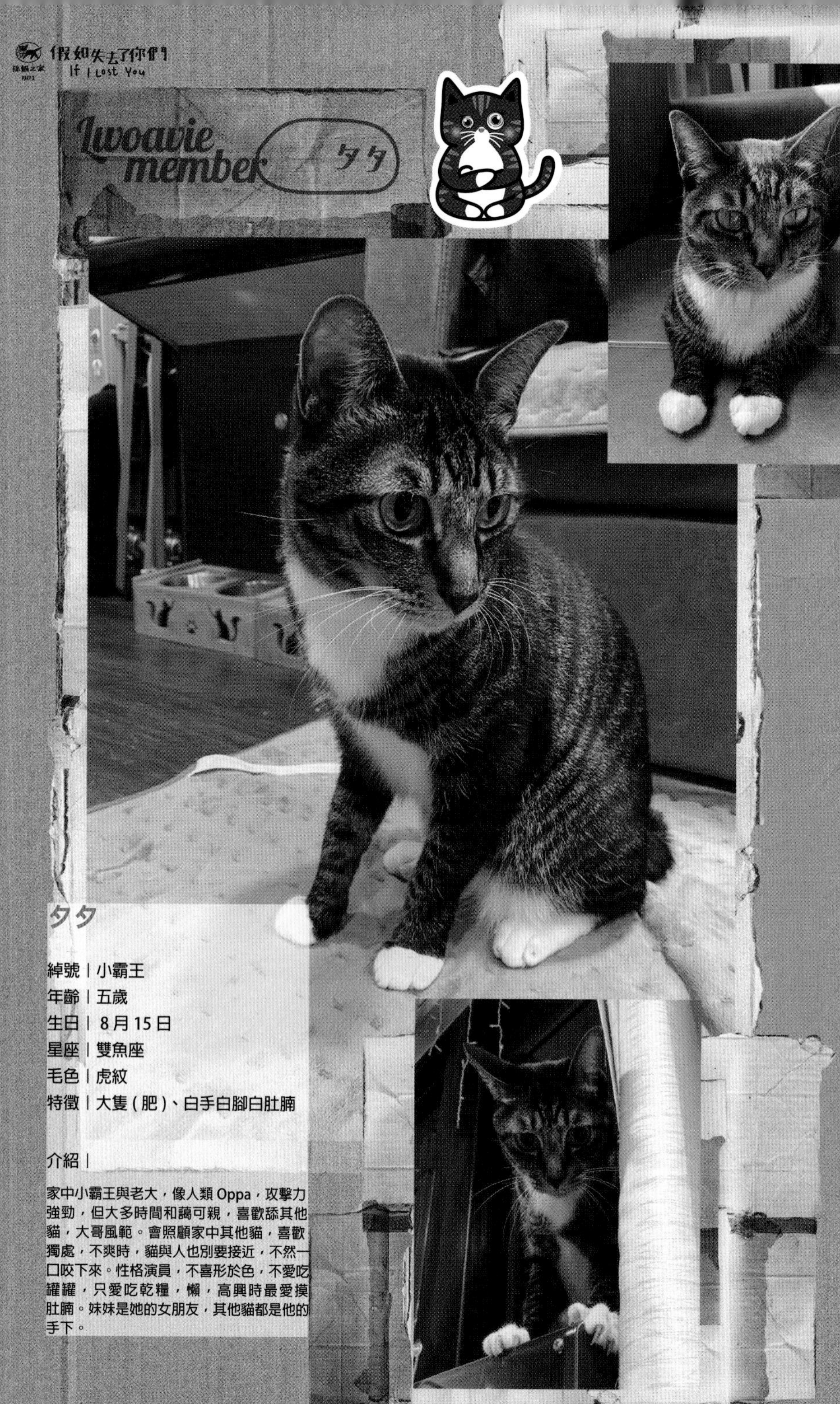

夕夕

綽號｜小霸王

年齡｜五歲

生日｜8月15日

星座｜雙魚座

毛色｜虎紋

特徵｜大隻（肥）、白手白腳白肚腩

介紹｜

家中小霸王與老大，像人類 Oppa，攻擊力強勁，但大多時間和藹可親，喜歡舔其他貓，大哥風範。會照顧家中其他貓，喜歡獨處，不爽時，貓與人也別要接近，不然一口咬下來。性格演員，不喜形於色，不愛吃罐罐，只愛吃乾糧，懶，高興時最愛摸肚腩。妹妹是她的女朋友，其他貓都是他的手下。

タタ的身世

世事真的很神奇，我以為一世都不會看到タタ小時候的相片(下圖左)。

事源タタ前主人的女兒，原來是我的讀者，我們完全不認識也不知道，然後，她聯絡了我的同事，說出了タタ的「身世」。當初前主人放棄タタ是因為一個「悲劇」，但我不想談這個，我想說說タタ本身。原來タタ一出世已經是「大哥」，我還以為他是弟弟，怪不得他會有現在的「大哥」性格。

タタ是 2016 年 8 月 15 日出生的，以後，我不再需要用領養的日子成為他的生日日期了。

另外，(下圖右)是タタ的兄弟姊妹，左面是タタ的弟弟，不過在領養タタ前他已經因為 FIP 去世，然後右面是タタ的妹妹，因為這次事件，我覺得「尋親」不是沒可能的，如果你領養的貓像圖中右下的貓，請聯絡我。

世事真的真的很有趣，如果我沒有領養タタ，就不會有其他八隻「孤貓」，如果沒有「孤貓」，就不會有人看到「孤貓」後去領養其他貓(我知道的有五個是因為看到「孤貓」後去領養貓)，タタ是一切貓的「源頭」。

タタ：「我現在很幸福，真的，很幸福！」

奇怪地，今天看著タタ，有一份奇怪的「感動」。

一世愛你，大佬タ。

孤泣

タタ是我們眼中的大哥大，大大的眼睛，長長尖尖的牙齒，還帶著一個大響鈴，從樣子裏感受得到他的霸氣！

不喜歡剪指甲的タタ，指甲也太長了吧，來剪一剪～啪，啪，結果被タタ打了幾巴掌。

來來！睡著了，快剪快剪！剪了一只，剪了兩只，到剪第三只的時候……啪，啪，啪～又打了幾巴掌，好吧不剪了就不剪了，不過也成功剪了幾只手指，成功了一大步了哈哈～

思婷　字

非常獨立，只粘孤孤。擬人來說好像一位做 GYM 的大隻佬，很會自我管理，只吃健康的食物，罐罐、零食都不吃。

タタ很喜歡三豆 B，每天的工作就是為三豆 B 清理毛髮，像清潔員一樣等待三貓 B 睡着的時候，才默默的照料她們。

納　字

僖僖

綽號 | 厭世臉
年齡 | 四歲
生日 | 4 月 16 日
星座 | 白羊座
毛色 | 全黃
特徵 | 厭世眼神、粉紅色肉球

介紹 |

少數女性黃貓，超級黏人，陌生人五分鐘內混熟，因曾經街邊生活，下雨行雷閃電時會躲起來，最喜歡睡覺。最愛在人腳邊磨蹭，會自己反肚給你摸。所有貓與人都是她的朋友，心情好時，當我們回來就會第一個走到門前喵喵叫，像在說「很想念你」一樣，其實是「回來了嗎？開罐罐吧！」

如果說在九隻孤貓裏，要選一只您最喜歡的，大部份人答案應該是豆花！豆腐！

但我會選擇僖僖，不是因為她有病，經歷可憐，是因為僖僖看似很普通，可能也毫不起眼，可是她是一隻十分黏人的貓貓，抱著她的時候，她咕嚕咕嚕的鼻寒聲十分有安全感，令我差點也睡著了……我就漸漸的愛上妳了～

有一天，下雨了，僖僖呢？

躲起來了，不怕，我保護您！

思婷　字

還是很黏所有人。僖僖吃藥是最乖巧的，每次吃膠囊的一餵就會吞下去，還不會躲起來。

僖僖打呼呼的聲音很大，哈哈。在貓架最高的地方睡覺，在下面工作的我聽得一清二楚，打呼呼的聲音常陪伴著我工作……

納　字

Lwoavie member 哥哥

哥哥

綽號 | 躲藏王
年齡 | 兩歲半
生日 | 1月23日
星座 | 水瓶座
毛色 | 黑白
特徵 | 長尾巴、乳牛毛色

介紹 |

天生可愛鬥雞眼，經常被欺負，有點笨，同時也是其他貓最愛舔毛的貓。怕事怕人沒膽，最愛吃罐罐，當罐罐出來時，不斷喵喵叫，任何仇怨立即冰釋前變成「人類最好的朋友」，晚上活動生物，沒人的時候會四處走，看破紅塵、與世無爭。

黑白色的紋，令我第一眼想起他很像一隻怕人的斑點狗，他跟妹妹一樣，是永遠也不能夠抱到的貓，每當你一跟哥哥死亡對視了一下，他就會開始怕，再走前多一步，他就像瞬間轉移一樣，咦！哥哥呢，跑得這麼快……

特別是有陌生人在的時候，他跟妹妹總會一起躲在窗旁黐實對方，相依為命一樣，一動也不動，像化石一樣。

到晚上了，我們開了九份小吃罐罐，哥哥總是要躲在旁邊自己吃，每一次也吃得很急，怕人搶，吃完了，跑到最高的貓窩上清潔。

突然，聽到一下流水聲，嘔吐物從天而降，慘了，哥哥為何你不能吐得帥氣一點？吐完後還一副不關我事的樣子，好吧，我去清潔了，呼～

思婷　字

是一隻要特別待遇的貓，每次開飯都會很禮讓的等所有人吃光，他才會吃。每次他吃得太快、太多就會吐，所以我經常要盯著他吃。

經過一番努力下（每天回來餵罐罐），哥哥在等開罐罐的時候，會用頭撞我的腳。

媽啊！第一次經歷以為自己有幻覺，超級感動的。

納　字

妹妹

綽號 | 破壞王
年齡 | 兩歲半
生日 | 1月23日
星座 | 水瓶座
毛色 | 黃白
特徵 | 無辜眼神、體形細小

介紹 |

破壞力驚人，壞事做盡，然後裝出一副無辜樣，喜歡可愛。眼睛左右有一條長眼線，樣子非常可憐。超級怕人，朋友拜訪，不會見到她的出現，看見她也沒法接近。喜歡跟貓玩，最愛黏在夕夕身邊，最後有一個新花名「老是常出現」，當我們摸其他貓時，她就會走過來一起討摸。

對我來說妹妹是一個很神秘，可遠觀而不可褻玩的貓貓，因為根本沒有一個人能抱到她，最多只可以輕輕摸摸。可是她總是常出現在您面前，給您一種可以摸到，卻抱不到、得不到的感覺。

當我在摸摸夕夕，妹妹出現了，喵～～

當我再去摸豆豉，妹妹又出現旁邊了，喵～～

當我去沙發跟豆腐玩時，妹妹怎麼又看到您呢，抱一下行不行呢？

當有陌生人出現時，妹妹呢？不見了，躲哪裏去了？

有一次妹妹生病了，計劃好一切準備捉她去看醫生，可是最後捉了一個多小時還是不成功，好吧，還是放棄吧，打電話去醫院取消好了，幸好不嚴重，我們用自己的方法讓他好起來了！

思婷　字

我眼中，瞳瞳是公主的話，妹妹就是女皇了。

夕夕、哥哥、豆豉，三個男生都喜歡圍著妹妹，還常常一起睡，我們卻還沒能抱抱她！

妹妹常常都躲起來，可是妹妹已經比較親近我們了，老時常在我們身邊出現討摸摸。

納　字

瞳瞳

綽號｜大公主
年齡｜兩歲
生日｜7月8日
星座｜巨蟹座
毛色｜全白
特徵｜異色瞳、肥頭

介紹｜

雙眼瞳孔不同顏色，貓界的公主。每次抱起她時總是不滿地喵喵叫，叫聲卻非常可愛，而且不給零食時會使出可憐眼神攻擊，人類完全沒法抵抗。非常八卦，對什麼都有興趣，別名腫腫、脹脹，愈肥愈可愛。跟老公豆豉生下了三個可愛女兒，成為了瞳瞳媽媽。

一只異色瞳帶點公主氣色的富貴貓，看醫生看最多了，吃的也給她吃最好的。

她不會讓你抱，也不會睬你，每當要找她吃藥的時候，她好像是感覺到一樣，就會躲起不讓你找到捉到的。

又到吃藥的時候了，她如常的睡在一個木製的貓洞裏，一個人沒法把她捉出來呢，你有這麼大力嗎瞳瞳？好！我們兩個人捉！都不行，最後我們決定找螺絲批解開把瞳瞳帶出來好了，正準備行動的時候，不如我試試用零食吸引她，我把零食拆開之時，她自己跳出來了？！

為食的瞳瞳還是敵不過零食的誘惑，還是乖乖吃藥吧，哈哈！！！

思婷　字

睡覺的時候是最乖最可愛的公主，捲縮起來超像一顆腫腫的饅頭！

她每次看到罐罐、零食，就會變成為食大公主。

瞳瞳：「全都是我的！只能給我吃！」

她吃的很快，可吃太快會消化不好，我就會先把碗拿起來，待她口裏的食物都吞下了才讓她繼續吃，可每次把碗拿起，牠就會用一個鄙視的眼神看著我喵……

納　字

豆豉

綽號｜豆豉爸
年齡｜兩歲
生日｜7月30日
星座｜獅子座
毛色｜全黑
特徵｜眼眼圓大、黑色肉球

介紹｜

完全不怕人與貓，可抱可摸，任何時候都在享受。天生樂天，眼睛長期保持圓圓的，什麼也不怕，最愛玩水又任人抱抱。成為爸爸後變得成熟穩重，成為一個真正的漢子，喜歡睡在高處看著他們貓。跟夕夕是難兄難弟，一起打架又一起睡覺，感情非常好。

黑黑的毛髮，黃色的眼睛，很喜歡玩水的可愛小貓，每次倒了水在碗子裏都會被豆豉玩得水倒在地上，不然就是跑到廁所裏玩水去了，濕濕的回來，喵喵～～

豆豉比夕夕大哥還要大隻的大黑貓，雖然身形是比夕夕還要大，可是豆豉您怎麼每次都被夕夕欺負到的呢？

某天早上，夕夕豆豉糖黐豆一樣在沙發裏睡，突然打起來了，豆豉被追住了，夕夕打完豆豉還幫豆豉舔毛呢，您們到底是怎樣了？

哈哈，一時糖黐豆，一時水溝油？

思婷　字

這個搗蛋鬼！小時候好可愛，長大的變得好 Man。

每天等我補完水機的水，牠都會立馬去玩水，常跟夕夕鬧成一團被欺負，其實就是豆豉去撩夕夕玩，卻三分鐘熱度。

在三女兒中最愛豆花，常常帶豆花到處跑，到處看風景。一陣子在洗手間看沙盤，一陣子在窗台看風景，一陣子跳到櫃頂盯著奴才們工作。

納　字

SEE U Later!

差啲唔記得講！
要知道我地更多故事，
可欣賞
《如果我們沒有遇上》

假如失去了你們
If I Lost You

作者	孤泣
編輯/校對	小雨
封面/內文設計	Ricky Leung
出版	孤泣工作室有限公司 新界荃灣灰窰角街6號DAN6 20樓A室
發行	一代匯集 九龍旺角塘尾道64號龍駒企業大廈10樓B&D室
承印	美雅印刷製本有限公司 九龍觀塘榮業街6號海濱工業大廈4樓A室
出版日期	2020年7月
ISBN	978-988-79939-6-4
售價	HKD $118